# La sécheuse cannibale

COLLECTION
**PAPILLON**

**De la même auteure**

**Le petit prince aux deux royaumes,**
CERRDOC, 1990.

**Le code perdu**, CERRDOC, 1992.

# La sécheuse cannibale

*roman*

**Danielle Rochette**

**ÉDITIONS PIERRE TISSEYRE**
5757, rue Cypihot — Saint-Laurent (Québec), H4S 1X4

La publication de cet ouvrage a été rendue possible grâce aux subventions à l'édition du Conseil des Arts du Canada et du ministère de la Culture du Québec.

**Données de catalogage avant publication (Canada)**

Rochette, Danielle

La séchereuse cannibale: roman

(Collection Papillon; 45).
Pour les jeunes.

ISBN 2-89051-585-0

I. Titre. II. Collection : Collection Papillon (Éditions Pierre Tisseyre) ; 45.

PS8585.O381186S42 1995   jC843'.54   C95-940851-7
PS9585.O381186S42 1995
PZ23.R62Se 1995

Dépôt légal: 3ᵉ trimestre 1995
Bibliothèque nationale du Canada
Bibliothèque nationale du Québec

Illustration de la couverture
et illustrations intérieures:
Romi Caron

À Yves,
ma bonne étoile,
avec ma tendresse et ma gratitude

À Naomi Pollack,
ma «sœur de plume»

et pour Marc-André, Julie et Nicolas

# 1

# Chaussettes en fugue

**T**out a commencé quand ma mère m'a appelé dans la salle à manger où elle pliait le linge. Mon père vidait le lave-vaisselle tout en préparant le souper, et moi j'étais en train de nourrir mon chat.

Ce soir-là, mon père m'avait promis de m'amener à l'extérieur de la ville observer le ciel avec mon nouveau cherche-étoiles.

— Encore une chaussette céliba-taire, a soupiré ma mère. Jérémie, as-tu mis tes **deux** chaussettes vertes au lavage? Vérifie, s'il te plaît.

Je suis monté dans ma chambre et j'ai regardé sous le lit. Il y avait un album de Charlie, une cassette des Beatles empruntée à mon père, deux paquets de gomme à mâcher, une pantoufle, quelques moutons oubliés. Pas un seul raton laveur. Et encore moins de chaussette verte, je le jure. J'ai jeté un coup d'œil dans la corbeille à linge sale du corridor. Pas de chaussette verte là non plus.

Je suis redescendu. C'était la troisième fois en deux semaines que ma mère lançait une chasse à la chaussette. Je me sentais une âme de détective.

Ma mère est toujours distraite. Elle travaille dans un laboratoire et je me demande comment elle fait pour ne pas mélanger les éprouvettes. Alors j'ai fait un détour du côté du frigo, à tout hasard. (Elle y a déjà mis le grille-pain.) Mais il n'y avait que de la bouffe.

Ensuite, je suis allé au sous-sol visiter la chambre froide. (Une fois, mon père y a retrouvé son disque de

Gerry Boulet. Ce serait trop long de raconter la façon dont ma mère a expliqué ça.)

Il n'y avait pas de chaussette dans la chambre froide non plus. J'ai réfléchi à un autre endroit impossible, mais génial. La boîte des guirlandes lumineuses de l'arbre de Noël! Pourquoi pas? Nous les avions enlevées dix jours auparavant. Alors? Elle ne contenait rien d'autre que du fil, des ampoules et des aiguilles de sapin.

Et si Palomar, mon chat, chipait des chaussettes pour s'amuser? Je suis remonté à l'étage regarder derrière le fauteuil où il dort. En passant par la salle à manger, je me suis fait attraper par le collet:

— Tu n'oublies pas que tes devoirs et tes leçons doivent être terminés à 7 heures, si tu veux sortir avec ton père.

— Je les fais! Je les fais! ai-je répliqué.

Derrière le fauteuil de Palomar, pas la moindre chaussette. Pas de chance, Sherlock Holmes!

Il fallait que j'arrête mon enquête si je voulais essayer mon cherche-étoiles. Mais je ne pouvais pas m'em-

pêcher de regarder derrière la sécheuse.

Je suis redescendu à la salle de bains du rez-de-chaussée. Et j'ai regardé partout autour de la lessiveuse et de la sécheuse. Rien. Dernière vérification: l'intérieur de la sécheuse. J'ai passé ma main le long du tambour: toujours rien.

C'est en fermant la porte que j'ai vu une sorte de lueur. Je l'ai rouverte. Il n'y avait rien. Je me suis dit: «Bon. Je travaille trop. J'ai des hallucinations.»

Mais en la refermant, j'ai encore vu la lueur. Je l'ai rouverte tout doucement et j'ai glissé un œil par la fente.

Dans la salle à manger, maman criait:

— Jérémie, je te remercie d'avoir cherché cette chaussette. Maintenant, cesse de claquer la porte de la sécheuse et va faire tes devoirs! Il est 5 heures 30.

La lueur était là. Bleue. Elle palpitait. Très lentement, j'ai ouvert la porte encore un peu, juste pour passer la tête. La lumière formait un mince anneau scintillant entre le fond du tambour et sa paroi. J'ai ouvert tout grand, j'ai passé mon bras gauche et ma tête à l'intérieur, et j'ai touché le fond du tambour. Il était froid. J'ai appuyé plus fort.

Et ça s'est passé très vite.

Le fond a basculé. Et vouch! j'ai été aspiré subitement. Mes genoux ont cogné le tour de la porte au passage.

Je ne voyais qu'une lumière bleue. Je crois que j'avais la tête en bas. Je me sentais tiré par les pieds comme si un aimant était collé à mes semelles. Je filais à une allure folle. J'avais l'impression que je m'étirais, que mon cou s'allongeait, que ma tête pesait une tonne. Une sensation bizarre.

Je commençais à avoir mal au cœur et j'ai essayé de tendre les bras pour m'accrocher à quelque chose, à n'importe quoi. Quelque chose qui ne bougerait pas. Qui me retiendrait. Mais mes mains pesaient chacune

cent kilos et mes bras se sont mis à pendre au-dessus de ma tête.

La lumière est devenue verte autour de moi. Du rouge apparaissait, là-bas, au bout de mes doigts. J'ai senti ma poitrine se serrer. Mes côtes allaient se casser. Je ne pouvais plus respirer. Et d'un seul coup, j'ai vu toutes les couleurs de l'arc-en-ciel, dans une explosion silencieuse.

Ensuite, j'ai ouvert les yeux; j'étais dans une pièce ronde, éclairée par des pastilles rouges accrochées au plafond. Je chauffais doucement, comme une pizza sur un passe-plat, et j'étais étendu sur quelque chose de très doux. Ça sentait bon.

Je me suis assis et j'ai enfoncé jusqu'au cou. J'ai cru que ça allait m'étouffer. Je me suis débattu. Mes pieds ont fini par toucher du solide.

Debout, j'en avais jusqu'aux fesses. Des grandes et des petites. Des blanches, des noires, des bleues. Des centaines et des centaines de chaussettes. Il y en avait des neuves bien épaisses et des vieilles aux talons usés. Il y en avait quelques-unes à carreaux et d'autres rayées. J'ai même vu un bas de Noël brodé au nom de «Mimi». À travers ça, quelques mitaines et deux ou trois gants.

Je me suis rassis. J'avais les jambes molles et j'avais aussi un peu mal à la tête. J'ai certainement dû faire une bêtise, et je sentais que j'allais finir la soirée dans ma chambre.

Une bêtise... Mais quelle bêtise? Et, au fait, où est-ce que j'étais, torpinouche?

# Rencontre
# d'un drôle de type

Je frottais mes genoux éraflés et je regardais autour de moi. Au plafond, il n'y avait que des lampes rouges; sur les murs roses, deux cercles se faisaient face.

Soudain, l'un des deux se soulève, comme un couvercle. J'aperçois la lueur bleue et je reçois quelque chose d'humide en plein visage. Je pousse un cri. Mais ce ne sont que quatre chaussettes, toutes différentes.

Je dois donc être arrivé par là. Mais je n'ai aucune envie de refaire ce voyage en sens inverse. Je me relève et j'enjambe les chaussettes jusqu'au cercle d'en face. J'appuie sur le cercle. Il bascule et je passe la tête dans le trou.

De l'autre côté, il y a un corridor. Pas très éclairé, mais juste assez pour voir que c'est plutôt chic. Les murs dorés luisent comme du satin et le tapis a l'air moelleux. Il n'y a personne.

Je sors. Une fois debout, je constate que le tapis n'est pas vraiment un tapis. Que c'est de l'herbe, ou plutôt de la mousse. Violette. Les murs, froids et lisses, sont en métal. De l'or, pour de vrai?

Je ne peux pas voir les extrémités du corridor parce qu'il forme une courbe. De quel côté aller? Je pars vers la droite.

C'est magique! À chaque pas, le corridor s'allume là où je suis et s'éteint derrière moi. La lumière filtre à travers les murs dorés et le plafond rose.

À tous les dix pas, une porte ronde sans poignée se découpe sur le mur, à ma droite. J'en soulève deux. Ce sont aussi des chambres où des chaussettes sèchent dans la lumière rouge. Si je veux retrouver ma chaussette verte, j'aurai de quoi m'occuper!

Ici et là, des vignes aux feuillages mauves grimpent jusqu'au plafond. Le corridor tourne toujours.

Finalement, sur ma gauche, je trouve une porte haute et étroite. Toujours sans poignée. Pas moyen de tirer. Je veux pousser, mais ça ne marche pas.

Tout à coup, pendant que je passe mes mains à la surface de la porte, elle devient toute molle et se froisse comme un rideau. Je n'ai qu'à la repousser pour me glisser de l'autre côté.

Je jette un coup d'œil au décor. Je suis dans une pièce rectangulaire. Il y fait assez sombre, mais une lumière argentée entre par une grande fenêtre. Je laisse mes yeux s'habituer à l'obscurité; je peux distinguer alors d'énormes balles de laine empilées contre les murs.

Je me dirige vers la fenêtre dans l'espoir d'apercevoir la ville, dehors. Je colle mon front contre la vitre et j'essaie de voir le plus bas possible. Rien. Absolument rien d'autre qu'un océan d'étoiles. Et parmi elles, un croissant de lune mince, très brillant. Où est passée la ville?

Je suis ahuri. C'est absurde, tout ça!

Je m'assois sur la mousse, devant la fenêtre, et j'essaie de réfléchir, les yeux dans les étoiles.

Et puis, très haut dans le ciel, je reconnais Orion. La constellation d'Orion, c'est le nœud papillon géant debout dans le ciel de janvier. Mais là, Orion est couchée, comme un vrai nœud papillon noué au cou d'un chef d'orchestre. La nébuleuse, légère comme un souffle d'ange, est à sa place dans la constellation.

«Torpinouche! Il y a quelque chose de détraqué.»

Je cherche Aldébaran, l'étoile rouge, et le bouquet des Pléiades. Elles sont en dessous.

«C'est impossible, ça! On ne peut pas voir le ciel comme ça quand on est debout! On croirait que l'édifice a basculé sur le côté.»

C'est trop fou. Je conclus alors:

«Je rêve, c'est évident. Mon réveille-matin va sonner tantôt et je m'en irai à l'école.»

Mais j'ai dû me coucher sans souper parce que j'ai drôlement faim! Je me tire les oreilles, me mords la langue, me donne des claques sur la figure: pas moyen de me réveiller. Alors, je me dis que, si je sors de cette pièce, je me retrouverai peut-être dans un rêve de restaurant.

Je me relève quand la pièce s'éclaire. Je pivote sur mes genoux pour faire face à la porte. Je la vois qui se froisse. Un bras écarte le rideau de métal souple. Et j'ai soudain devant moi une colonne d'aluminium surmontée d'une tête. Le visage brun, sévère, s'encadre d'une énorme chevelure orange bouclée.

Torpinouche! Je me fige, les ongles enfoncés dans la mousse violette.

— Vous... vous êtes le gardien?...

L'homme ne répond pas. Il ne sourit pas. Ses yeux sont d'un vert très lumineux, comme ceux de Palomar.

Il s'approche, me tend la main et m'aide à me relever. J'ai les ongles pleins de terre rouge et les doigts pleins de mousse.

— J'espère en tout cas que vous n'êtes pas le jardinier!

Il ne réagit pas davantage.

Je lui arrive à la taille.

— Je me disais justement que je finirais par rencontrer quelqu'un qui me ramènerait à la sortie. Je suis bien content de vous voir. C'est pas facile de trouver l'ascenseur ici, hein? Je ne serais pas fâché de rentrer à la maison, j'ai une de ces faims!

Il ne dit rien. Je me sens tarte. Il se dirige vers la porte et m'invite, d'un geste, à le suivre. Je sors derrière lui. Il a l'air plutôt léger pour sa taille.

— Vous... euh... j'ai bien hâte que vous me disiez où je suis. Je pense que je me suis un peu perdu. Je devais être distrait.

Je dis n'importe quoi. Si Jacob, mon meilleur ami, était là, il s'apercevrait, rien qu'à m'entendre débiter tout ça, que j'ai la trouille, maintenant.

— Ça m'arrive d'être distrait, vous savez. Ça me vient de ma mère. J'ai dû m'endormir dans l'autobus, descendre au mauvais arrêt, monter ici en pensant à autre chose...

Il s'arrête et me regarde. Je le regarde aussi: robe d'aluminium, cheveux orange, yeux de chat... Je bégaie:

— Oui... bien... ça... ça se peut que je sois encore en train de dormir, d'ailleurs...

Il ne dit toujours rien. On repart. On a dû faire une trentaine de pas dans le corridor, quand on s'arrête de nouveau. Surprise: près de nous, un miroir est accroché au mur d'or. Il s'en approche et le caresse de ses paumes, comme si c'était une porte. Si je faisais ça chez moi, j'aurais des nouvelles de ma mère! Mais ce miroir-ci, au lieu de se couvrir de traces de doigts, devient un rideau de perles de cristal que nous traversons dans un drôle de tintement.

De l'autre côté, nous nous retrouvons dans une petite cabine grande comme un... oups! ça monte!... comme un ascenseur, oui. Mais comment ça, ça monte encore?!

— Vous ne dormez pas, fait soudain l'homme, d'une voix de gorille.

J'avale de travers.

— Non?... Ah!... C'est bien ce que je craignais...

Je n'ose pas m'appuyer contre le mur; j'ai peur qu'il fonde et que je dégringole dans le puits de l'ascenseur.

J'ai les jambes en coton. J'ai envie de tomber à genoux et de hurler «Maman!».

— Nous sommes arrivés, dit la voix de contrebasse.

L'ascenseur s'arrête. Le gardien retransforme la porte en pendeloques et nous sortons.

Ici, c'est un autre monde. Le mur d'en face est un immense aquarium. Dans une eau vert jade, des poissons étranges et colorés vont et viennent à travers des algues pourpres.

— Suivez-moi, dit la voix de mammouth, je vais vous présenter à la princesse Qwerty.

Les poissons me fascinent. Il y en a jusqu'au plafond. J'ai l'impression de nager moi aussi, comme si j'étais au fond de la mer des Caraïbes.

Perdu dans mes pensées, je regarde le gardien.

— Je vous demande pardon, monsieur?

— Venez avec moi. Je vous amène chez la princesse Qwerty.

Ses lèvres n'ont pas bougé. Un ventriloque! Comme ceux qu'on voit à la télé américaine et qui ont une marionnette assise sur les genoux. Une marionnette qui roule des yeux et qui a une babine articulée. Original, ce gardien! Comme le reste.

Je l'accompagne le long des murs de verre. Ici aussi, le corridor tourne, mais nous allons dans l'autre sens. Plusieurs couloirs s'allongent de chaque côté, semblables au nôtre. Nous nous engageons dans un couloir pas très long, sur la gauche. Il aboutit à une porte dorée qui se replie d'elle-même en accordéon.

# Clair de Terre

**N**ous entrons dans une pièce ronde et sombre, pleine de reflets comme le fond d'une piscine. La seule lumière provient des murs-aquariums. Le plafond est un immense dôme transparent. Au travers, on voit le ciel noir et les étoiles. C'est très joli. Je voudrais bien avoir le même dans ma chambre, avec un télescope.

Le gardien s'incline et une estrade ronde s'illumine au milieu de la pièce. Dans un fauteuil de cristal, une femme de la même race que lui est assise, habillée d'une robe d'or.

Elle me fait signe de la main.

— Approchez-vous.

Tiens, encore une ventriloque! Ses lèvres ne bougent pas, mais elle a une belle voix.

J'avance et le plancher en verre translucide s'illumine sous mes pas jusqu'à l'estrade.

— Comment vous appelle-t-on?

— Jérémie, madame.

— Jérémie... Bien... Jérémie, Qazsed me fait savoir qu'il vous a trouvé, il y a un moment, à l'étage de la réception.

— La réception, madame?

— À l'étage où arrivent nos matériaux.

— Bien... si vous voulez... comme vous dites... Je suis arrivé à l'étage où ce monsieur m'a trouvé, l'étage des chaussettes.

— Les chaussettes?

— Ben oui, les tas de chaussettes. Celles qui chauffent dans des salles, en bas. Je n'ai pas rêvé ça. Monsieur Qa..., votre ami, dit que je ne dors pas.

— Les chaussettes... bien... Racontez-moi un peu comment vous êtes arrivé dans les... chaussettes, Jérémie.

Je lui raconte nos chaussettes perdues, mon enquête, la sécheuse et la lueur bleue au fond, et tout. Elle écoute très attentivement.

— Je vois. C'est tout à fait ce que je craignais. Je vais ordonner qu'on coupe les rayons immédiatement et qu'on procède aux réparations nécessaires.

Elle baisse les paupières un instant, comme si elle allait s'endormir, puis elle me regarde de nouveau.

— Je crois que vous avez faim, Jérémie. Nous allons tenter de remédier à cela.

Elle se lève, descend de l'estrade et me fait signe de la suivre. Je marche dans la trace lumineuse qui se dessine sous ses pas jusqu'à une table de verre entourée de trois chaises, en verre elles aussi. Elle m'invite à m'asseoir. Les meubles ont l'air fragiles mais ils sont faits pour des géants. Je me hisse avec précaution. Sur la table, dans un saladier d'or, il y a des objets en cristal qui ressemblent à des fruits. Chacun est d'une couleur différente.

— Servez-vous, Jérémie.

Elle veut rire! Je ne vais pas commencer à croquer du verre! Je ne suis pas un fakir!

Elle sourit, prend un fruit jaune et me montre le petit bouchon d'argent qu'il porte. Poliment, je prends une sorte de poire bleue. Elle est chaude et je m'aperçois que la couleur bouge à l'intérieur comme de la fumée. La princesse Qwerty débouche son fruit, porte le goulot à ses lèvres et inspire profondément. Le fruit jaune se vide de sa couleur.

Je l'imite. Étrange. On dirait que je viens de manger une des roses du jardin de ma mère. Ça, c'est pour le goût. Pour le reste, c'est plutôt comme si je venais de m'envoyer toute une pizza.

— Alors?

— Vous n'auriez pas quelque chose de plus léger pour le dessert?

— Prenez celui-ci.

Elle me tend un fruit rose. Je le débouche en espérant qu'il n'aura pas un goût de géranium. Mais il en

a un autre que je ne connais pas. Piquant et frais.

Ça va mieux. Je sens que je redeviens moi-même.

— Princesse Qwerty... euh... votre Sainteté... non, votre Altesse...

— Madame, c'était très bien.

— Madame Qwerty, maintenant je veux savoir. Dites-moi où je suis. Qu'est-ce qui m'arrive?

Elle lève les yeux vers le plafond transparent.

— Vous allez le savoir dans un moment, Jérémie.

Elle regarde les étoiles comme si la réponse allait tomber du ciel. Je fais comme elle. Qu'est-ce que je peux faire d'autre?

Les étoiles commencent à se déplacer tout doucement, toutes ensemble. Je me cramponne à la table. Nous bougeons? Et tout à coup, quelque chose glisse au-dessus du dôme de verre. Une immense chose bleu clair, éclatante, tachée d'ocre et ramagée de blanc. J'ai déjà vu ça quelque part, au cinéma, sur un écran géant. Et aussi dans mon livre d'astronomie. Ce qui passe au-dessus de nous, c'est la Terre!

— Torpinouche!

— Vous dites?

— Ça se peut pas... Vous m'avez enlevé? Qu'est-ce que je fais là? Alors c'est ça, vous êtes des extra-terrestres?

— Bien sûr, c'est un peu troublant pour vous. Mais ne vous inquiétez pas, nous ne vous ferons aucun mal. Nous n'avons pas l'intention de vous garder. Nous n'avons pas voulu votre présence ici. Il s'agit d'une légère erreur.

— Une légère erreur!... Vous vous rendez compte? Ma ville est une tête d'épingle, dans la nuit, de l'autre côté de la planète! Mon pays n'est probablement pas plus grand qu'un dollar! Mes parents doivent me chercher partout! Et moi, je me balade la tête en bas au-dessus de l'Australie ou de je ne sais pas quoi, à bord d'un aquarium plein de chaussettes!

— Vous avez raison d'être en colère.

— Je ne suis pas en colère, je... Qui vous dit que je suis en colère?

Elle prend un miroir sur un meuble près de nous et me le tend. Je suis rouge, j'ai les yeux exorbités et les sourcils au milieu du front. Je passe ma main sur l'image pour m'en débarrasser. Mes doigts laissent des traces sur la glace.

Je remarque, agacé:

— Tiens, on ne peut pas faire de billes avec celui-là!

— Mais non. Ce n'est pas une porte. Sa structure atomique n'a pas été éduquée pour réagir à la chaleur du corps.

Là-haut, la Terre a disparu de notre observatoire. De nouveau, c'est le ciel plein d'étoiles. Je me laisse aller contre le dos de ma chaise, les bras ballants.

— Vous n'êtes pas ventriloque, hein?

— Certes non.

— Alors, vous faites de la télépathie, comme dans les livres?

— Exact. On parle de nous dans vos livres?

— De vous, non. Pas dans ceux que j'ai lus, en tout cas. Mais on imagine toutes sortes de choses. Vous êtes déjà descendus sur la Terre?

— Non, jamais.

— Il y a des gens qui disent avoir vu des objets volants lumineux dans le ciel. Ou des marques étranges sur le sol. Ce n'est pas vous?

— C'est peu probable. Notre mission nous amène rarement à entrer dans l'atmosphère terrestre.

— Votre mission?

— Je vous expliquerai plus tard.

— Vous êtes plusieurs? D'où venez-vous?

Elle se lève.

— Veuillez m'excuser, Jérémie, mais je dois me réunir avec des membres de mon équipage. Qazsed va vous accompagner jusqu'à une cabine où vous pourrez vous reposer. Vous pourrez aussi y faire connaissance avec un autre... invité. Je vous reverrai un peu plus tard. Nous pourrons alors parler de votre retour chez vous.

Je m'incline devant la princesse Qwerty et je sors derrière Qazsed.

Nous longeons encore les corridors aux poissons. L'homme qui m'escorte n'est pas bavard. Moi non plus. Je suis fatigué. Je jette un coup d'œil à ma montre: elle marque 9 heures. Si j'étais chez nous, je serais assis dans l'auto, avec mon père. On aurait fini de regarder les étoiles. On

rentrerait à la maison boire un cho-
colat chaud.

J'ai vu les étoiles, ce soir, mais si
mon père savait d'où!

Disparaître comme ça sans laisser
de traces... Mes parents doivent être
fous d'inquiétude.

— Monsieur Qazsed, y a-t-il un
moyen de rassurer mes parents?

— L'impossible sera fait.

Que peut-on demander de plus!?
Ah oui:

— Pourrai-je leur parler?

— Non, malheureusement. Mais
faites-nous confiance.

Ouais. Facile à dire. Mais si j'avais
le choix, j'aimerais mieux m'occuper
de ça moi-même.

On a repris l'ascenseur vers le bas,
atterri dans un corridor aux murs d'argent, rencontré trois autres monsieurs
Qazsed de tailles différentes. Mon gardien caresse une porte d'argent et
l'écarte pour me laisser passer.

Nous voilà dans une sorte de salon. La lumière tamisée vient du parquet. Monsieur Qazsed me montre
une nouvelle porte.

— C'est la chambre de l'autre invité. Je n'ose pas le déranger; peut-

être dort-il. Vous aurez le temps de faire connaissance. Vous prendrez la chambre voisine. Reposez-vous. Je viendrai vous chercher plus tard.

Plus tard, plus tard! Ils n'ont que ces mots-là à la bouche!

— Merci monsieur Qazsed. À... plus tard.

Dans ma chambre, il y a seulement un divan énorme. Je m'y enfonce comme dans de la crème fouettée.

# 4

# Une étoile inattendue

**À** mon réveil, ma montre marque 10 heures 45. Du soir ou du matin?

En tout cas, je suis reposé. Je vais dans le salon. Et là, je vois quelqu'un qui se contorsionne au milieu de la pièce, un casque à écouteurs sur les oreilles. Il porte des jeans et un chandail noirs. Ses cheveux longs sont noirs et brillants. Il est plus âgé que moi. Il doit avoir au moins 25 ans. Pour le moment, il me tourne un peu le dos et ne me voit pas. Il danse rudement bien.

Quand il m'aperçoit enfin, je fais:
— Salut!

Il a une bette étrange, presque une tête de fille. Il enlève son casque:
— *Hi!*

— Je m'appelle Jérémie. C'est toi l'autre «invité», j'imagine.

Il écarquille les yeux et me tend la main:
— *My name is Michael. Just call me Mike.* Je ne parle pas français très beaucoup.

— Bah, t'en fais pas, Mike. *I don't speak very much English.* On va faire ce qu'on peut.

— Tu arriver pendant que je dors? Tu viens par ton sécheuse, hum?

— Euh... *Yes.* Toi aussi?

— *Yeah.*

Et il me fait un large sourire:
— Je viens hier après-midi.

Mike m'apprend d'abord qu'on est maintenant le matin. Puis, pendant que j'aspire deux ou trois fruits, il me raconte en français, en anglais et en mimant qu'il cherchait un gant dans sa sécheuse quand il a été absorbé comme moi par le rayon bleu.

— Je toujours perds un gant. Alors je porte seulement un. Mais je voulus savoir...

— J'ai vu quelques gants en bas. Les tiens doivent y être. C'est une histoire bizarre, hein? Ils t'ont parlé? Tu sais qui ils sont, ce qu'ils font?

— Pas encore. *Princess Qwerty... well*, elle a dit «*later*».

— Plus tard... ouais, elle m'a dit ça aussi. Tu crois qu'on va bientôt rentrer chez nous, Mike? On doit te chercher, toi aussi.

— *Looking for me? Probably.* Ça fait rien. C'est des vacances.

C'est vrai, je n'avais pas pensé à ça. Je devrais être à l'école, à cette heure-ci. Eh bien, c'est toujours ça de pris!

— Des vacances, oui. Mais pas pour mes parents, j'imagine. Et puis, j'aimerais mieux avoir mon billet de retour dans ma poche. Ce serait plus sûr.

Il me donne une tape sur l'épaule et me fait un de ses immenses sourires plein de dents.

— T'en fais pas, Jer!

Et il recommence à se tortiller au milieu du salon. Il ne tient pas en place, ce gars-là. Il est au moins aussi agile que... Torpinouche, on dirait que c'est lui! Le nez. Les pommettes. Et si je lui ajoutais des paillettes, du maquillage et un gant... Torpinouche, c'est lui, c'est évident! C'est Michael Jackson en personne, la star du rock!

J'applaudis. Il enlève son casque et il rit.

— Tu veux me montrer comment tu fais, Mike?

— *Sure*!

Et pendant un bon moment, tout en chantant de sa voix aiguë, il m'explique comment on recule en ayant l'air d'avancer et comment on fait la toupie sur les omoplates.

Le parquet devient fou. Il clignote comme une enseigne au néon. Ça aussi, je l'ai déjà vu quelque part. Et je crois que ça plaît beaucoup à Mike.

Tout à coup, Qazsed est devant la porte, avec sa voix à provoquer des avalanches.

— Venez. La princesse Qwerty vous attend. Mais mettez d'abord ceci.

Il nous tend à chacun un serre-tête d'argent souple gravé de signes curieux.

Chez la princesse, rien n'a changé. À midi, son ciel est toujours aussi noir et étoilé.

Elle contemple ses poissons. Je me demande s'ils servent à autre chose qu'à jouer les tapisseries vivantes.

— Ce sont nos amis, dit la princesse, en se retournant vers nous. Entrez, soyez les bienvenus Michael, Jérémie. Ces poissons aiment notre compagnie et nous aimons la leur. Je crois que vous avez aussi des créatures d'autres espèces qui partagent vos maisons sur la Terre, n'est-ce pas?

— Oui. Des chats, des chiens, des cochons d'Inde...

— Des boas, des perroquets, des chimpanzés, poursuit Mike. Nous en avons même quelques-uns dans nos garages: des jaguars, des mustangs, des cougars...

— Et quelques ratons laveurs!

Je fais une grimace à Mike qui sourit de toutes ses dents. On commence à bien s'amuser, ici!

La princesse a l'air étonnée par tout ce zoo:

— Bien... Peut-être faudra-t-il que vous m'expliquiez un peu...

Mais moi, ce qui vient de me frapper, c'est le talent soudain de Mike pour la langue française.

— Il parle toujours anglais, fait la princesse, qui devine une fois de plus mes pensées. Vous l'entendez dans votre langue grâce au serre-tête. C'est une forme de télépathie.

Voilà pour les explications. Elle nous invite ensuite à nous asseoir autour de la table de verre. Qazsed nous a quittés. Je demande, d'un air plus sérieux:

— Vous avez pu parler à mes parents, madame Qwerty?

— Tout va très bien, Jérémie.

— Ils sont au courant? Ils m'attendent?

— Il n'y a aucun problème. Ne vous inquiétez pas.

— Torpinouche, ils ont dû être surpris! Comment avez-vous fait? Vous ne leur avez tout de même pas téléphoné?

— Vos parents sont surtout impatients de vous retrouver.

— Je parie que ma mère vous a demandé si vous aviez du lait à bord! Elle insiste pour que je boive mon litre de lait chaque jour.

La princesse sourit.

— Le lait ne vous manquera pas longtemps, Jérémie. Vous pourrez rentrer chez vous dans peu de temps.

— Princesse Qwerty, dit Mike, puis-je vous demander qui vous êtes, d'où vous venez et à quoi servent toutes ces chaussettes que vous récoltez de la Terre?

— Certainement, Michael. Votre curiosité est bien légitime. Voilà, nous sommes...

Et c'est comme ça que j'ai enfin appris que la princesse Qwerty et son équipage venaient de la planète Apogée, la deuxième planète du système solaire de l'étoile double Porrima. Porrima, c'est une étoile que nous voyons, de la Terre, dans la constellation de la Vierge.

— Une étoile double? Ça veut dire qu'il y a deux soleils dans le ciel d'Apogée?

— C'est très juste, Jérémie.

— Il n'y a jamais de nuit?

— Bien sûr que si, la plupart du temps, car, en général, nos deux soleils brillent dans notre ciel à peu près en même temps. Mais dans l'ensemble, nos nuits sont plus courtes que les vôtres. Tout cela vous intéresse, Jérémie?

— Mettez-en! Je veux dire et comment! J'aime beaucoup l'astronomie. Hier soir, je devais aller observer les étoiles avec mon père. Au lieu de ça, c'est la Terre que j'ai vue!

— Vous aimeriez voir des cartes de notre système solaire?

— Tu parles!

La princesse sort d'un coffre d'or de longs rouleaux noirs. Elle en choisit un et le déroule sur la table de verre. La lumière qui filtre du sol à travers la table nous permet de lire les dessins gravés en transparence sur la feuille. Elle nous explique le soleil qui tourne autour de l'autre en 171 années terrestres. L'orbite d'Apogée. Les cinq autres planètes inhabitées. Les jours de sa planète, de longueur variable selon les années. Les drôles de saisons aux cycles compliqués.

Elle raconte:

— Apogée a toujours été une planète très chaude. À certaines époques, les Apogéens doivent vivre dans des habitations construites sous les mers pour se protéger des rayons ardents de nos soleils. Il y a 150 de vos années, elle est entrée dans un cycle de saisons douces. Dans ce climat confortable, la vie est plus facile et notre énergie s'oriente vers le développement des arts.

C'est passionnant, tout ça! Je sens que j'en aurais pour des jours à poser des questions. Je veux tout savoir au sujet d'Apogée et de ses habitants. Mais Mike a l'esprit pratique, lui. Et de la suite dans les idées. Il demande sans détour:

— S'il ne fait pas froid sur Apogée, pourquoi avez-vous besoin de nos chaussettes?

— Il y a 40 années terrestres, l'orbite d'Apogée a commencé à se modifier. Nous qui n'avions jamais connu le froid, nous en avons peu à peu découvert les désagréments. Nous l'avons d'abord combattu en dormant la nuit dans les bassins d'eau chaude de nos jardins. Puis, nous avons appris à détourner le cours de ces eaux pour chauffer nos maisons. Mais nous avons maintenant besoin de vêtements chauds, et aucune fibre chez nous ne peut nous les fournir. En cherchant ailleurs ces matériaux, nous sommes arrivés jusqu'à vous, nos plus proches voisins. Nos anthropologues ont étudié votre civilisation à travers les ondes captées et retransmises par vos satellites de communication. Et nous avons découvert ce que nous cherchions. Nous fabriquons ici, pour les Apogéens, des pièces de tissu confortable à partir de bouts d'étoffe que nous prélevons chez vous, chez les gens plus riches qui les ont en double.

La princesse Qwerty sourit. Elle a l'air ravie. Mike et moi, on se regarde, perplexes, embarrassés.

— Vous êtes en quelque sorte les Arsène Lupin de l'espace.

C'est moi qui ai parlé. Déjà, je me mords les lèvres.

— Arsène Lupin? Qu'est-ce que c'est?

— Un héros légendaire. Un...

Mike et la princesse me regardent. Ils attendent, l'air intéressé.

— Un vol... euh... un cambrio-
leur... enfin... quelqu'un de très raf-
finé comme vous qui prenait des choses aux riches.

J'avale ma salive, péniblement.

Comment traiter la princesse de
voleuse? Elle est plutôt sympathique.
Elle n'a même pas l'air de se rendre
compte... Elle nous raconte ça
candidement. Elle ne sait visiblement pas à quoi servent les chaussettes puisqu'elle ignore qu'il en faut
deux tant aux riches qu'aux pauvres.
Et peut-être qu'ils ont une autre mo-
rale que la nôtre, sur Apogée, et qu'à
leurs yeux, piquer chez les riches
pour éviter de crever de froid, ce n'est
pas du vol. Je me vois mal lui faire
un sermon, c'est certain.

— Alors, résume Mike, vous bran-
chez un rayon sur nos sécheuses et
vous en retirez, mine de rien, un bas,
une mitaine, un gant tout propres.
Vous les détricotez et vous tissez des
pièces d'étoffe que vous rapportez
chez vous pour en faire des vêtements.

— Voilà.

— Quelques millions de chaussettes par année, ce n'est pas beaucoup.

Vous approvisionnez-vous ailleurs que dans les sécheuses?

— Non.

— Et vous avez plusieurs astronefs comme celui-ci pour faire ce boulot-là?

— Non, Michael. Celui-ci est le seul.

Une autre question me brûle les lèvres.

— Madame Qwerty, avez-vous trouvé d'autres formes de vie dans d'autres systèmes solaires?

Qazsed entre à ce moment-là. La princesse lui fait un signe de tête et nous entraîne loin de la table.

— Nous devons nous interrompre maintenant. Votre retour sur Terre va pouvoir commencer. Nous avons peu de temps. Michael, notre navette vous emmènera le premier.

Mike me regarde puis, l'air soupçonneux, demande à la princesse:

— Nous ne partons pas ensemble?

— C'est impossible, dit la princesse. Vous venez de deux endroits trop éloignés l'un de l'autre et vous êtes arrivés à plusieurs heures d'intervalle. Nous devons vous raccompagner séparément.

— Je ne le laisserai pas seul ici, dit Mike.

Il s'agite.

— Croyez-vous que je vais abandonner un gamin à des inconnus? Pas question! S'il lui arrivait quelque chose, je m'en voudrais pendant le reste de ma vie! Trouvez un moyen.

Il a une drôle de bouille, Mike. Je ris de le voir s'énerver.

— Je n'ai pas peur, Mike. Vas-y. Même s'ils décidaient de me garder, ça ne serait pas un malheur. Je voyagerais. T'inquiète pas pour moi.

Et je le pousse vers la sortie pour lui montrer que je pense ce que je dis. À vrai dire, j'exagère un peu. Mais c'est vrai que je n'ai plus peur que les Apogéens ne me ramènent pas.

Mike s'entête:

— Faisons un compromis, princesse Qwerty: vous ramenez Jérémie d'abord et moi ensuite.

— C'est impossible aussi, Michael. À moins que vous ne teniez à rester ici encore quelques jours.

J'interviens de nouveau.

— Laisse tomber, Mike! T'es un chic type. Je t'appellerai en rentrant à la maison, tu veux? Ça va aller, je t'assure!

Je m'empresse de lui dire combien je suis content de l'avoir rencontré. On cherche du papier, un crayon, pour écrire nos numéros de téléphone. On finit par les apprendre par cœur. On se serre la main.

— Il faut y aller maintenant, Michael. Il vous reste très peu de temps.

Qazsed désigne nos serre-tête d'argent.

— C'est vrai, dit la princesse en tendant la main. J'allais oublier. Maintenant, vous n'en aurez plus besoin.

Nous les rendons, déçus.

— Ils ne vous seraient d'aucune utilité sur Terre, dit la princesse qui lit nos pensées. Les champs magnétiques n'y sont pas propices.

Mike suit Qazsed et sort en nous faisant un dernier clin d'œil.

# 5

## Les pirates

**J**e reste.

Et je fais semblant de m'intéresser à un poisson de velours indigo aux nageoires scintillantes. Je suis triste. Une main se pose sur mon épaule.

— Vous vous reverrez, me dit la princesse. Je suis heureuse que vous ayez sympathisé.

Je me retourne vers elle.

— Quelle heure est-il à votre montre, Jérémie?

— Deux heures dix, madame.

— Bien. Qazsed viendra vous chercher dans quatre heures environ. En attendant, que diriez-vous de regarder encore quelques cartes puis de visiter ce vaisseau?

— Super! Pardon... c'est une excellente idée, madame.

Elle déroule donc d'autres cartes noires.

Je l'écoute me raconter sa planète. Je me rends compte que je suis déjà habitué à sa drôle de conversation muette. J'aime bien voir son visage changer d'expression, tout comme les nôtres, tandis que je reçois ses paroles... Mine de rien, la tête entre les mains, je me bouche les oreilles avec mes pouces. Je continue de bien l'entendre. Elle s'arrête et me sourit plutôt gentiment:

— Vous m'entendriez même si vous étiez sourd.

Je rougis d'être démasqué.

— Vous ne parlez jamais autrement?

— À quoi bon? La télépathie est bien plus efficace. Parfois, il nous arrive, pour nous amuser, de chanter de très anciennes chansons dans la langue de nos ancêtres, ou de réciter des poèmes en utilisant la parole, comme vous.

J'aimerais bien assister à un party d'Apogéens... Mais de quoi parlait-elle, déjà? Ah oui, elle me racontait les quatre lunes d'Apogée. Quatre lunes, ça doit être chouette!

— Elles inspirent beaucoup nos poètes, en effet, confirme la princesse.

— Y a-t-il des enfants sur Apogée, madame Qwerty?

— Bien sûr.

— Vont-ils à l'école?

— L'école?

— Un endroit où on réunit les enfants toute la journée pour leur apprendre à lire et à compter pendant que leurs parents vont travailler.

— Nous n'avons rien de pareil. Chez nous, les enfants apprennent ces choses auprès de leurs parents quand ils sont tout petits. Vers l'âge de... disons huit ou neuf de vos années, ils s'amusent à apprendre des métiers destinés aux enfants: l'observation astronomique, la robotique, la gravure des vêtements... Vers... seize ans, environ, ils décident de perfectionner un ou deux de ces métiers ou d'en apprendre de nouveaux, réservés aux adultes.

— Ça leur plaît, tout ça?

— Naturellement. Pourquoi ferions-nous des choses qui nous sont désagréables?

Elle sourit doucement, la princesse Qwerty. Comme si s'amuser toute sa vie, ça allait de soi. Je voudrais bien la présenter au ministre de l'Éducation.

— Vous n'avez jamais pensé à venir donner des conférences sur Terre, madame Qwerty?

Elle fronce les sourcils, pince les lèvres, l'air contrarié. Moi qui pensais lui faire plaisir! Elle ferme les yeux. Ça, je commence à comprendre ce que ça veut dire. Je remarque alors la façon dont les poissons s'agitent dans le mur de verre, derrière elle.

— Nous avons un problème, Jérémie, me dit la princesse en ouvrant les yeux. Il serait préférable que vous regagniez votre cabine.

Qazsed entre. Les plis de sa tunique d'aluminium ondulent autour de lui. Il a l'air essoufflé. Il tonne:

— Il vaut mieux que personne ne circule, princesse. Ils sont partout. Ils ont envahi l'étage de la réception. Mais ils se répandent aussi sur les autres étages. Ils vont faire des dégâts, comme d'habitude.

Je regarde la princesse, intrigué.

— Ce sont nos... ennemis. Ils ont encore réussi à pénétrer dans le vaisseau. Si j'avais su, je vous aurais renvoyé sur Terre en même temps que Michael. Dites-moi, Qazsed, comment sont-ils entrés?

— Ils se sont glissés sous la navette à son retour.

Ils sursautent tous les deux.

— Ça venait du quatrième, n'est-ce pas? vérifie la princesse.

Qazsed acquiesce. La princesse m'explique:

— Ils brisent des cloisons de verre avec leurs véhicules. Ils sont très maladroits. Mais je crois que ça les amuse aussi un peu.

— Qui ça, «ils»?

— Ce sont les habitants de la planète Chimère, du système d'Utopia.

— Jamais entendu parler de cette étoile-là. Il y a donc d'autres planètes habitées, à part la Terre et Apogée! Et

qu'est-ce qu'ils viennent faire chez vous, ceux-là?

— Les Chimériens ont découvert la Terre un peu après nous. Ils s'intéressent aussi à vos... chaussettes. Elles ont beaucoup de valeur pour eux. Nous représentons une aubaine: nous recueillons les chaussettes et ils n'ont plus qu'à nous les voler.

Intéressant, ça! Quand la princesse s'approprie nos chaussettes, elle dit qu'elle les **recueille**, les **prélève**. Et quand les Chimériens viennent les lui prendre à leur tour, elle dit qu'ils les **volent**.

Je sympathise tout de même avec elle:

— Ce sont des pirates, ces gens-là! Vous ne vous défendez pas?

— À quoi bon? Ils sont tellement plus nombreux que nous! De toute façon, nous n'utilisons plus d'armes depuis des siècles. Nous avons abandonné toute forme de violence. Nous préférons nous servir de la ruse contre les Chimériens. Mais ça ne marche pas toujours. Nous avons quand même réussi à les empêcher d'aborder depuis plus d'une année terrestre. C'est un progrès.

— Ils vont vous prendre toutes les chaussettes que j'ai vues en bas?

— Pas toutes. Mais une bonne partie.

Elle ferme les yeux, les rouvre.

— On me signale que leur chef se dirige vers nous. Je vais le recevoir. Si nous ne lui ouvrons pas, il entrera en cassant un mur.

Qazsed ouvre la porte du couloir. Un bruit de moteur se rapproche. Et puis trois drôles d'engins entrent à la queue leu leu.

C'est gros comme... comme une marchette de bébé, tiens. Tout noir, couvert d'une coupole de verre. Ça flotte à un mètre au-dessus du sol.

Les trois véhicules forment un rang devant la princesse et les dômes de verre noir se relèvent.

Aux commandes de chaque véhicule apparaît un personnage de la taille d'un enfant d'un an. Des êtres étonnants. Ils ont des têtes de bébé, bleues, un peu translucides, comme du jell-o. Pas un poil sur le caillou. Un cou frêle, de longs bras bleus et trois doigts boudinés à chaque main.

Tous les trois sont curieusement habillés. En fait, on dirait que leur poitrine et le devant de leurs bras sont peints pour représenter un costume comme celui que porte mon père pour aller à des noces: veston marine et chemise blanche.

Le personnage du centre ouvre la bouche, et s'adresse à la princesse... en anglais! Sa voix, nasillarde et coupante, contraste avec sa tête de bébé. Je n'ai plus le serre-tête. Je ne comprends pas grand-chose. Je me contente d'observer de loin.

Ce doit être le chef. Il a le véhicule le plus rutilant. Il est aussi le seul à porter une cravate. Une cravate rouge foncé qui tombe bizarrement. En regardant bien, je me rends compte que c'est une chaussette.

La princesse a l'air contrariée, triste, fatiguée. Qazsed se tient devant la porte fermée. Autour de nous, les poissons s'affolent et cherchent l'abri des algues pourpres.

Au bout de cinq minutes, les Chimériens font demi-tour. Qazsed leur ouvre la porte et ils sortent en vrombissant. Je pense qu'ils ne m'ont pas vu.

Il ne s'est pas passé grand-chose. Je regarde la princesse, les yeux pleins de curiosité. Elle est assise dans son fauteuil de cristal, les yeux fermés. Je suis content que les ennemis n'aient pas brisé les murs. Les poissons sont plus calmes.

Enfin, la princesse se tourne vers moi. Je m'approche.

— Ils sont étranges, vos ennemis, madame Qwerty. Qu'est-ce qu'ils font, eux, avec toutes ces chaussettes, à part se les attacher autour du cou?

— Rien d'autre.

— Vous voulez dire qu'ils vous volent des milliers de chaussettes pour se faire des cravates?!

— Les Chimériens sont très... coquets. Comme nous, ils ont pris contact avec votre civilisation par le biais des satellites de communication qui meublent votre espace. De ce qu'ils ont appris des humains en regardant la télévision, les Chimériens ont retenu que les gens de pouvoir ont un costume particulier. Depuis, tous les Chimériens qui veulent en imposer à leurs congénères ont copié ce costume.

— Mais ce n'est qu'un dessin! Et il n'a même pas de dos!

— Vous avez déjà vu le dos de Bernard Derome, votre lecteur de nouvelles?

— ...Non.

— Eux non plus. D'ailleurs, ce sont surtout les Américains qui les intéressent et ils parlent anglais pour les imiter. Les Chimériens attachent énormément d'importance à la cravate comme signe de pouvoir. N'ayant rien chez eux pour en fabriquer, ils avaient un problème. Ils ont tenté de s'approvisionner sur Terre, mais la faible densité de leur corps les rendait trop vulnérables à la pression de l'atmosphère terrestre. Ils ont résolu leur problème le jour où leurs radars nous ont repérés. Ils ont analysé nos faisceaux transbordeurs, identifié notre cargaison, et entrepris de nous pirater, comme vous le disiez vous-même.

— Et ça leur est égal de porter des chaussettes autour du cou au lieu de vraies cravates? C'est ridicule!

— Vraiment? Ce sont pourtant des objets qui se ressemblent.

C'est vrai, j'oubliais, la princesse elle-même ne fait probablement pas la différence. Pour elle, ce sont toujours des bouts de tissu.

— Ils sont venus discuter avec vous?

— Pas du tout. Seulement me narguer, me rappeler qu'ils ont su nous déjouer.

— Qu'allez-vous faire, madame?

— Attendre qu'ils aient terminé. Leur vaisseau est solidement arrimé sous le nôtre. Impossible de fuir. Pour le moment, je vais vous faire accompagner à votre cabine par Qazsed. Vous y serez en sécurité. Nous espérons vous ramener chez vous malgré leur présence à bord.

Pas très rigolo, tout ça.

Qazsed m'escorte donc jusqu'à l'endroit où j'ai dormi. Moi, je me retrouve là sans rien à faire ni personne à qui parler. Et je n'ai justement pas envie de rester enfermé seul entre quatre murs pendant que ça bouge dehors. Je voudrais bien les voir opérer, ces Chimériens.

Je ne comprends pas que la princesse et son équipage ne puissent pas venir à bout de ces nourrissons fragiles.

Pas d'armes, pas de sang, bon. Mais on pourrait... tiens, j'ai un tas d'idées! Le poison, par exemple, sur les chaussettes, juste avant qu'ils ne les prennent. Et des trappes. Ou bien... Torpinouche! me voilà en train de planifier l'extinction d'une race d'extra-terrestres, maintenant... Moi qui rêvais tant d'en rencontrer! Moi qui me disais que je saurais leur parler, les mettre en confiance, leur prouver que les humains ne sont pas bêtes et méchants!

L'extinction d'une race et peut-être même la Guerre des étoiles! J'ai honte. J'espère que personne ne m'a entendu penser! Il faut que je sorte d'ici. Un peu d'activité me fera le plus grand bien.

# 6

# Un raid solitaire

**D**onc, je sors. Personne en vue.
Je me dirige vers l'ascenseur. Je
crois savoir de quelle façon Qazsed le
commande. On va voir si j'ai autant
d'influence que lui sur cet appareil.

Dans la cabine, je me place sous
un disque accroché au mur à la hau-
teur du visage des Apogéens. Je sais
que l'ascenseur se mettra en marche
quand ce disque, noir comme de la
suie pour le moment, luira d'un

blanc d'opale. Pour l'activer, je le fixe en pensant très fort à l'étage des chaussettes. Une lueur naît à l'intérieur du disque. Elle le parcourt, frémit, hésite, et éclate enfin. J'ai réussi! L'ascenseur descend. Et quand il s'arrête, je suis dans le corridor aux vignes mauves.

Tout de suite, j'entends vrombir les véhicules des Chimériens. Aux deux extrémités, le corridor est sombre. Je décide d'avancer jusqu'à ce que je voie une clarté.

Quinze pas et j'y suis. Je me colle au mur. Je voudrais bien qu'il cesse de s'allumer à chacun de mes pas!

Le bruit des véhicules a augmenté. Je me penche pour jeter un coup d'œil au-delà de la courbe, et je me rejette aussitôt en arrière contre le mur. Ils sont là! J'ai vu un engin noir stationné devant la porte d'une chambre à chaussettes.

Mon cœur bat très vite. Pourvu qu'ils ne viennent pas de mon côté! Je peux voir d'ici la haute porte la plus près d'eux. Comment l'atteindre?

Je recule de quelques pas. La lumière du mur me suit. Je me couche de tout mon long au milieu du corridor. Le mur s'éteint. Parfait! Je peux ramper jusqu'à la porte rectangulaire dans la pénombre.

J'avance avec précaution, le menton dans la mousse. Maintenant, je peux voir la soucoupe noire qui flotte au-dessus du sol. Par un tuyau, elle aspire les chaussettes dans une poche accrochée sous son ventre.

J'arrive enfin devant ma porte. Le Chimérien, sous sa verrière, n'a pas réagi à ma présence. J'applique mes mains sur le métal précieux. Il s'assouplit. Je soulève la tenture et me faufile dessous. Ouf! Je me remets debout sur mes jambes molles. Dans le corridor, le vrombissement s'amplifie davantage.

Je reforme le rideau, l'entrouvre et glisse un œil. Je vois arriver un deuxième véhicule. Sur les chapeaux de roue, dirait mon père. Il stationne au-dessus du premier, qui rebobine son tuyau noir en cinq secondes et qui passe devant moi comme un bolide.

Le dôme de la deuxième soucoupe se soulève. Le Chimérien se dresse sur son siège. Il appuie ses mains sur la carrosserie, se penche en avant, se hisse hors de sa cabine. Et, surprise! je m'aperçois qu'il n'a pas de jambes. Rien du tout. Sous la taille, son corps bleu pâle se termine comme un vase à fleurs. L'homme de gélatine se traîne sur la carlingue pour ouvrir la porte de l'entrepôt à chaussettes et installe le tuyau de l'aspirateur.

Un Chimérien handicapé? Ça n'a pas l'air de l'empêcher de faire son travail. Le tuyau aspire, la poche s'enfle, un nouveau vrombissement se fait entendre, une nouvelle soucoupe arrive. Le manège va recommencer. Je n'apprends pas grand-chose.

Le remplaçant soulève son dôme noir, se hisse hors de sa cabine... et m'expose son anatomie de potiche. Deux Chimériens handicapés? Curieux. Je décide d'attendre pour en voir un autre.

Ça ne tarde pas. Même rituel. Même allure.

Bon, eh bien, le spectacle manque de diversité. Il n'y a plus qu'à choisir son moment pour se tirer d'ici. On va où, maintenant?

— Jérémie!

Je me retourne d'un bloc, au son de la voix de la princesse. Personne, naturellement.

— Jérémie, où êtes-vous?

Je ne peux pas m'empêcher de scruter la pièce noire. Et de répondre bêtement, en chuchotant:

— Je suis ici, madame.

— Où, ici?

Je chuchote toujours:

— Ici, à l'étage de la réception.

— C'est très imprudent, fait la voix dans mon cerveau. Qazsed m'a signalé votre disparition. Je l'envoie vous chercher. Je veux que vous restiez dans votre cabine.

— Pas la peine d'envoyer quelqu'un, que je m'entête à marmonner en regardant au plafond. Je peux revenir tout seul.

— Alors je compte sur vous.

Je vérifie où ils en sont dans le corridor. La poche de chaussettes est presque à point. Un autre véhicule va donc arriver d'un instant à l'autre. Tiens, le voilà justement. Quand il aura installé son tuyau, je sortirai et je ramperai jusqu'au détour du mur où il ne peut plus me voir.

Le quatrième Chimérien n'avait pas plus de jambes que les trois premiers.

Ça commençait à me donner une idée. Tout d'abord rejoindre la princesse et lui en toucher un mot.

Je suis sorti à quatre pattes et j'ai commencé à avancer vers le détour du mur. Mais, tout à coup, une douleur atroce m'a mordu le genou. J'ai poussé un cri. Puis, aussitôt, conscient de ma gaffe, je me suis relevé pour courir vers l'ascenseur aussi vite que je le pouvais. Le miroir était en vue quand mon pied s'est pris dans une espèce de racine, sur le sol, et je me suis étalé de tout mon long. Juste comme un véhicule chimérien passait en trombe au-dessus de ma tête pour s'immobiliser devant moi.

Je me relève lentement, en essayant d'évaluer mes chances de fuite. Peine perdue: il vient flotter à un mètre de ma poitrine et relève sa coupole.

Je prends mon air le plus niaiseux:

— Je passais par là. Désolé de vous avoir dérangé.

— *Who are you?*

Ça ressemble plus à un ordre qu'à une question.

— Je m'appelle Jérémie. Je suis terrien.

On dirait que ça ne lui plaît pas. Le Chimérien à tête de poupon fait une affreuse grimace et se met à manipuler des manettes sur son tableau de bord.

Il me regarde:

— *Repeat!*

Je répète en détachant les syllabes. Et une voix métallique se fait alors entendre, sortant de la marchette volante, qui lui traduit ma phrase:

— *My name is Jérémie. I'm from Planet Earth.*

— *You don't say!* fait le Chimérien, avec un sourire édenté qui n'a rien de rassurant.

Je fais signe que oui en me dandinant d'un pied sur l'autre. Le Chimérien me baragouine quelque chose de plus compliqué.

— Que faites-vous à bord de cet astronef? traduit la voix pour moi.

Quel toupet! Ça ne le regarde pas! Je réponds dignement:

— Je suis un invité de la princesse Qwerty.

Tiens, mets ça dans ta pipe, brigand!

Le Chimérien marmonne quelque chose.

— Voyez-vous ça! traduit la voix artificielle, en écho.

Il sourit vilainement et se caresse le menton.

J'aime encore moins ce sourire-là que le premier. Il me donne très envie de prendre la poudre d'escampette.

Mais c'est la soucoupe qui s'avance vers moi. Lentement. J'essaie de filer par le côté. Il me barre la route et continue d'avancer. Je recule d'un pas, puis d'un autre...

À quoi il joue, là?

Le Chimérien me fixe dans les yeux. Il s'amuse de mon désarroi, visiblement.

— Retourne-toi et marche jusqu'à ce que je te dise de t'arrêter.

J'obéis, aussi lentement que je le peux.

On arrive ainsi à une porte ronde garnie d'un Chimérien aspirateur.

Surpris de me voir, il interrompt son travail. Les deux personnages bleus se lancent dans des palabres, tout en me gardant en sandwich entre eux.

Moi, je regarde la poche gonflée de chaussettes sous la soucoupe. Bien content que le tuyau de l'aspirateur ne soit pas assez gros pour m'attirer là-dedans. Ces deux-là ne s'en priveraient pas. Ça se voit à leurs têtes.

Enfin, mon Chimérien m'adresse la parole:

— Marche droit devant toi.

Zut! J'avance, précédé du Chimérien aspirateur qui a terminé son plein de chaussettes, et suivi de mon aimable interlocuteur.

Cinquante pas au moins, et on s'arrête devant une autre porte haute.

— Entre!

Je fais celui qui ne comprend pas. S'ils ne connaissaient pas le secret de l'ouverture des portes... Je n'ai pas l'intention de le leur dévoiler.

— Pose tes mains sur la porte et entre!

Ah bon! Ils savent déjà. J'obéis.

— Attends là. Je vais informer notre chef de ta présence. Il est probable qu'il voudra te voir.

Mouais... Ça se complique, on dirait.

# 7

## Pagaille

La pièce est petite. Sans fenêtre sur l'extérieur. Mais elle offre une vue très intéressante, par une cloison vitrée, sur une espèce de... hangar, de garage, un étage en dessous. Deux véhicules blancs en forme d'œuf de la taille d'une maison y sont remisés. Des navettes rattachées au vaisseau, probablement. Et pour le reste du spectacle, c'est un va-et-vient continuel de véhicules chimériens. Par un vaste trou rond dans la paroi du vaisseau, ils entrent vides et ressortent chargés de chaussettes.

— Jérémie, mais où êtes-vous donc?

Je sursaute. La princesse s'inquiète de nouveau. Je chuchote:

— J'ai raté ma sortie. Les Chimériens m'ont vu. Ils vont me présenter à leur chef. Je suis dans une pièce vitrée avec vue sur un garage.

— Je descends.

— Vaudrait peut-être mieux pas, madame. Je crois que ma porte est gardée. Ils ne vont pas se laisser faire. De toute façon, ils ne me feront sûrement pas de mal.

— Je suis là dans un instant.

Juste à ce moment, le chef chimérien fait irruption dans ma «cellule».

— On me dit que tu t'appelles Jérémie et que tu es terrien.

Il m'examine de la tête aux pieds.

— Tourne-toi.

Je fais un tour sur moi-même.

— Tu es le premier Terrien qu'il m'est donné de voir en chair et en os. Très intéressant. Je vous croyais plus grands.

— J'ai onze ans, monsieur. Je vais grandir encore.

— Tais-toi! Je vois bien que tu es un enfant, jeune insolent! Je vous croyais plus grands, c'est tout!

Je voudrais bien être plus grand. Je ferais un Frisbee de sa trottinette volante et je l'enverrais planer à travers la vitre.

— Je n'irai pas par quatre chemins. Il y a longtemps que nous voulons nous procurer un spécimen de ta race. Nous avons besoin de quelqu'un pour nous expliquer certaines subtilités de ta culture qui nous échappent encore. Un adulte serait préférable, mais un enfant sera mieux que rien. Je vais ordonner qu'on vienne te chercher avec un véhicule plus gros.

J'ai les jambes en compote, le souffle coupé. Torpinouche, il faut que je me sauve de là, si je veux revoir mon ami Jacob!

La soucoupe fait demi-tour, lance un jet de vapeur contre la porte qui s'amollit et fonce dans le tissu doré. Je me jette sous le véhicule, pour sortir en même temps que lui.

J'y arrive, mais dehors, ils sont deux à m'attendre et ils me font signe de rentrer dans ma prison.

J'essaie la même tactique: je me jette sous celui de gauche. Il recule très vite et vient se poser au ras du sol, devant mon nez.

Je me relève sur les genoux, il remonte un peu. Furieux, je le repousse des deux mains. Il ne bouge pas d'un millimètre. Je tape sur le métal noir avec mes poings.

— Ôte-toi de là, saleté de bestiole! Laisse-moi passer! Je ne veux rien savoir de vous! Je veux rentrer chez nous!

Je me lance à droite, puis à gauche, mais la brute me barre le chemin.

Et puis là, je vois, au détour du corridor, la princesse Qwerty qui vient, encadrée de Qazsed en deux exemplaires.

— Me voici, Jérémie. Calmez-vous. Laissez-moi faire. Nous allons tout arranger.

Je voudrais bien la croire! Mais elle n'est même pas fichue de sauver ses chaussettes. Alors pour ce qui est de me sortir d'un pétrin pareil!...

Je reste là, accroupi sur la mousse, dos au mur, la tête dans les mains et j'attends le miracle.

Les Chimériens n'ont pas l'air impressionnés. Ils continuent de monter la garde autour de moi sans broncher.

— Je veux voir votre chef, dit la princesse.

Mes gardiens haussent les épaules, l'air blasé.

La princesse se tourne vers les deux Qazsed. Les deux géants s'avancent comme un seul homme vers les soucoupes, s'installent chacun devant un Chimérien et plantent leurs prunelles vertes dans leurs yeux pâles.

Les poupons bleus se figent et blêmissent de partout, en grimaçant.

— Maintenant, reprend la princesse, appellerez-vous votre chef?

Les Chimériens grimacent un sourire. Ils ne la prennent sûrement pas au sérieux, elle qui ne leur a jamais résisté.

La princesse baisse la tête, se mord la lèvre. Elle a l'air de réfléchir, d'hésiter. Elle paraît très triste.

Puis, elle relève la tête, inspire profondément et lève lentement la main gauche.

Les Chimériens se mettent à trembler comme du jell-o qu'on secoue. Des frissons courent sur leurs corps, comme des vaguelettes. Ils sont presque incolores, maintenant, et ils commencent à gémir.

Mon estomac se tord.

— Maintenant? demande la princesse. Elle a presque l'air de supplier.

Les Chimériens hésitent, se consultent des yeux.

Puis, l'un des deux cède et fait signe que oui. Le Qazsed qui s'occupe de lui baisse légèrement les paupières. Le Chimérien, toujours blême mais raffermi, balbutie quelque chose dans sa radio de bord.

La princesse paraît se détendre un peu. Les Chimériens bleuissent lentement mais sont encore incapables d'attaquer ou de fuir.

Je décide de me faufiler doucement sous la soucoupe à ma droite, en direction de la princesse. Elle m'approuve de la tête. J'ai rampé de quelques centimètres à peine quand le véhicule du chef chimérien arrive.

D'un coup d'œil, il constate la situation: ses hommes paralysés et moi en train de lui échapper.

Alors, avant que j'aie eu le temps de comprendre ce qui m'arrive, je me retrouve prisonnier des mailles d'un filet. Je perds l'équilibre. Je me sens hissé à toute vitesse vers le véhicule du chef chimérien. Je suis désespéré. Je hurle et je braille. Oui, je braille. Et j'essaie de m'agripper à la mousse, de trouver une des satanées racines qui m'a mis dans ce pétrin-là.

Empêtré comme un thon, j'entends la princesse sommer le chef bleu:

— Relâchez cet enfant!

Mais la soucoupe recule et m'entraîne toujours.

Soudain, le véhicule s'immobilise. Je réussis à tourner la tête et je vois la princesse, debout au détour du corridor. Elle fixe mon kidnappeur. Son regard est dur et immobile.

— J'aurais accepté de négocier avec vous, lui dit-elle. Mais vous m'obligez à faire usage de la force.

Derrière moi, le chef chimérien, sous sa verrière, n'en mène pas plus large que ses hommes. Un des hommes de la princesse vient vers moi. Il sort des plis de sa robe un objet qui ressemble à un stylo de verre. Il le passe de haut en bas le long des mailles du filet. Elles fondent et se séparent. Je me détortille. Je suis libre enfin! Je cours vers la princesse.

— Non, Jérémie. Remontez immédiatement dans votre cabine. C'est le seul moyen de mettre un terme à tout ceci.

— Attendez, madame! J'ai une idée, laissez-moi faire.

— Jérémie, je veux que vous remontiez. C'est un ordre!

Mais je lance au chef chimérien:

— J'ai un marché à vous proposer. Je vous livre une information importante contre votre cargaison de chaussettes.

— Jérémie! insiste la princesse.

— Attendez, attendez, madame!

— Cargaison de quoi? grésille l'interprète électronique.

— De chaussettes.

Hésitation du chef chimérien.

— Ce que nous récoltons ici s'appelle «cravate». Et allez au diable avec votre marché!

Très dégagé, je fais:

— Très bien. Comme vous voudrez. Pourrais-je avoir deux chaussettes rouge foncé, s'il vous plaît?

L'un des Qazsed consulte la princesse du regard. Elle incline la tête: c'est oui.

Il s'éloigne, revient avec deux superbes chaussettes de la même couleur que la cravate du Chimérien.

Je m'assois posément par terre. Sous le nez rond du Chimérien, je retire mes chaussures et mes chaussettes jaunes. Je masse tranquillement mes pieds, avec des soupirs de satisfaction. J'écarquille les orteils en éventail. Je fais des ronds de cheville, dans l'air. Je me lève debout et je mime quelques pas de gigue, en souriant. Je me rassois. J'époussette la plante de mes pieds. Puis, j'enfile très lentement les chaussettes rouge foncé, en plaçant soigneusement les talons, et je remets mes chaussures.

Comme si je réfléchissais tout haut, je fais:

— Je me demande à quoi toutes ces chaussettes peuvent bien servir, sur Chimère...

Et, narquois, je lève doucement les yeux vers le chef chimérien. Il est encore figé, mais de stupeur.

# 8

# Adieux

**L**e chef chimérien était violet de honte et de rage.

Il a arraché sa «cravate» et a aboyé quelque chose à la princesse. Elle lui a montré la direction de la sortie. Les Qazsed, qui s'appelaient, en fait, Zdarys et Dryqwe, ont relâché leur emprise sur les deux Chimériens. Coupoles en place, les trois oiseaux de malheur ont filé d'un trait.

Moi, j'étais un peu déçu. J'avais espéré leur reprendre leur cargaison de chaussettes contre un patron de cravate en carton, ou quelque chose du genre.

En tout cas, humiliés ainsi, les Chimériens, ça m'a semblé évident, n'allaient pas revenir de sitôt. Pas avant d'avoir des pieds, du moins.

La princesse Qwerty m'a ramené chez elle en attendant l'heure prochaine de mon départ.

Elle était mal à l'aise. Elle venait de comprendre que les chaussettes sont utiles par paires et que les avoir en double n'est pas un luxe.

— Je suis confuse, Jérémie. Nous avons fait du tort à beaucoup de gens.

Je l'ai regardée un moment. Puis je lui ai fait un sourire et un clin d'œil.

— Quand vous brancherez votre rayon sur la sécheuse de ma famille, prenez toute la paire d'un coup. La chaussette qui reste ne me sert plus à rien.

Ce n'était pas à moi de lui dire quoi faire avec son problème de lainage. Mais je n'avais aucune objection à continuer de fournir aux

Apogéens une paire de chaussettes de temps à autre. Je n'en souffre pas tellement et eux s'en portent beaucoup mieux.

J'ai eu droit à un autre repas de fruits de cristal, avant de partir. Mais, entre nous, la pizza commençait à me manquer sérieusement. Même un potage aux courgettes m'aurait mis l'eau à la bouche.

La princesse était éblouie de la façon dont je l'avais débarrassée des Chimériens, ces parasites intersidéraux. Elle a dit qu'elle ne savait pas comment me remercier. Je lui ai demandé s'il y avait un moyen qu'on se revoie, plus tard. Pour des vacances sur Apogée, par exemple.

Elle a souri:

— S'il m'est un jour possible d'amener un Terrien sur Apogée, Jérémie, ce sera vous, je vous le promets.

Puis, elle m'a remis un crayon de verre semblable à celui qui m'avait délivré du filet chimérien.

— Il émet un rayonnement que seuls nos appareils peuvent capter. Gardez-le et je saurai toujours où vous trouver, sur votre planète ou ailleurs.

Le signal du départ a été donné. J'aurais voulu visiter enfin le reste du vaisseau, poser tellement de questions encore!

Sur la vitre de leur aquarium, j'ai dessiné une caresse pour les poissons chatoyants.

La princesse m'a accompagné jusqu'au garage et, avant de refermer la porte ovale de la navette sur moi, elle a articulé:

— Vous me manquerez, Jérémie.

J'ai bafouillé quelque chose, rouge comme un piment, trop ému que j'étais. Elle a posé ses deux mains sur ma tête et m'a dit:

— Adieu, Jérémie. Vivez heureux, ainsi que votre descendance.

Ça m'a fait drôle d'entendre parler de mes futurs petits-enfants. Peut-être qu'il y en aura un qui ira sur Apogée.

C'est ce que je me disais pendant que l'immense porte du garage glissait lentement sous le plancher, et nous ouvrait la Voie lactée. Qazsed, le vrai, était aux commandes de la navette. Devant lui, dans la pénombre de la cabine, le tableau de bord était un plateau de verre noir troué.

De chaque orifice rond montait une colonne de lumière colorée. Il manœuvrait en passant ses mains sur les faisceaux.

Il nous a amenés dehors, dans le vide. Assis derrière lui dans un siège trop vaste, je guettais par mon hublot le moment où j'apercevrais le grand vaisseau que je quittais. Mais Qazsed a dû virer trop vite: je n'ai rien vu du tout.

Puis, dans le silence ouaté, mon pilote a fait, de sa voix de saint-bernard:

— Voilà votre planète. Vos parents seront heureux de vous revoir.

Elle était là, ma Terre, belle et bleue, plus grande que je ne m'y attendais. J'ai essayé de distinguer le continent que nous survolions.

Mais on a subitement accéléré. On fonçait vers le ciel noir comme des malades. J'étais écrasé au fond de mon siège, suffoqué. J'avais l'impression que mon nez allait ressortir derrière ma tête. Je voulais crier: «Qu'est-ce que vous faites? Où m'emmenez-vous?» Mais les coins de ma bouche rejoignaient mes oreilles et mes lèvres refusaient de former les mots. Mes poumons devaient être plats comme des crêpes.

Qazsed, lui, n'avait pas l'air affecté. Il continuait de manœuvrer avec des gestes à peine plus lents.

J'ai compris que, cette fois, on m'enlevait pour de bon. Qazsed était un ignoble traître, un espion à la solde des Chimériens. Il m'emportait à la vitesse de l'éclair vers l'abominable Chimère où tout serait archi-laid, mou et gélatineux.

Le ciel est devenu blanc.

L'instant d'après, j'étais assis sur le perron de ma maison, dans la nuit, criant:

— Non! Pas ça! Non! Pas Chimère!

La porte s'est ouverte derrière moi, et la lumière de la cuisine a dessiné mon ombre dans un rectangle jaune, sur la neige.

— Jérémie, bon sang! Mais qu'est-ce que tu as encore inventé? Qu'est-ce que tu fais là? Ta mère te croyait dans la salle de bains.

Je me suis levé, retourné. L'odeur de la sauce tomate m'a chatouillé les narines. Charmant accueil, vraiment, pour un fils perdu!

— Entre, maintenant. Il est 5 heures 30 et tu n'as pas commencé tes devoirs! On passe à table dans quinze minutes. Où as-tu pris ces couvertures?

J'étais enveloppé dans trois couvertures de laine grises. En regardant attentivement, on y reconnaissait, comme dans un tapis, des fils de diverses couleurs: marine, rouge, vert...

— Ben... je...

Ma mère est arrivée dans la cuisine, les bras chargés de serviettes et de torchons bien pliés.

— Tiens, te voilà, toi! Comment se fait-il que je ne t'aie pas vu sortir? Tu jouais avec la porte de la sécheuse, il y a deux minutes.

Malin, hein? Qazsed m'avait joué un beau tour! Je venais de faire un petit voyage dans le temps. Bah! juste un très gros décalage horaire, finalement. Retour au point de départ. C'était plus simple pour tout le monde.

J'ai fouillé dans ma poche. La tige de verre était là.

Alors voilà: c'était inutile de raconter quoi que ce soit à mes parents, puisque pour eux je n'étais jamais parti. Et c'était évident que les Apogéens ne les avaient jamais contactés pour les rassurer. Pas besoin.

Donc, j'ai pu aller observer les étoiles avec mon père, ce soir-là. Dommage qu'on ne puisse pas voir la constellation de la Vierge en janvier! Je chercherai les soleils d'Apogée dans le ciel d'août.

Je devais presque me mordre la langue pour ne pas parler à mon père de ce qui venait de m'arriver. Il m'a trouvé plutôt silencieux. J'ai dit que c'était l'émotion. Le spectacle grandiose de ces milliers de soleils éparpillés dans l'espace infini et scintillant pour nous par-delà les millénaires, n'est-ce pas... Il m'a regardé curieusement:

— Tu sais que tu as une âme de poète, toi?

Il venait seulement de s'en rendre compte!...

Au retour, vers neuf heures, j'ai eu un coup de fil de Mike. Il n'avait pas oublié.

C'est ma mère qui a répondu. Mais j'ai pu facilement lui faire croire que Mike était un nouveau copain de ma classe, un gars fraîchement arrivé de Californie. J'ai pris l'appel dans la chambre de mes parents, pour être tranquille.

Mike voulait s'assurer qu'on m'avait ramené chez moi. Il a bien rigolé de s'être retrouvé au beau milieu de son parc l'après-midi même de son départ. Il n'a jamais compris comment il avait été déposé là en plein jour sans ameuter toute la région.

C'est troublant de penser à tout ce que cette histoire nous oblige à inventer comme mensonges, non? Le problème, c'est que c'est en disant la vérité que nous passerions pour des menteurs, Mike et moi. Ou, pis encore, pour des fous.

C'est pour ça, d'ailleurs, que je vous demande d'être discrets et de garder pour vous tout ce que je vous ai raconté.

Oh, j'oubliais de vous dire, dans mon autre poche, ce soir-là, il y avait une chaussette verte. Je l'ai trouvée en me déshabillant. Je l'ai apportée à ma mère, qui lisait dans le salon. Elle a dit, un peu distraitement:

— Tiens, tu as finalement retrouvé ta chaussette verte...

Et moi:

— Eh oui! Elle était restée dans la sécheuse... cannibale!

# Table des matières

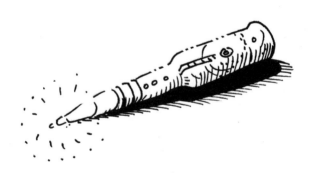

**Collection Papillon**